청어詩人選 446

벌써를 찾아서

박성규 제6시집

도서출판 청어

프롤로그

잎이 진 겨울나무는 속을 보인다.
나목의 가지 사이로 감성의 바람이 지나며
묵혀둔 입안의 말이 모습을 보였다.
철이 지났지만, 아직 시들지 않은 잎도 드문드문
보이기도 한다.

차례

2부 어디로 가는 길인가

3부 마음의 색체

4부 다시 읽고 싶은 시

1부

내 안의 나를 찾아

너에게 가는 길

우리는 늘 강 맞은편에 있었다
건널 수 있는 다리가 있었는데도
먼저를 미루며 지내온 건 아닌지

그럴 거다, 새벽을 깨워 건넌 기억이 없으니

마음의 다리를 건너는 건
시간을 걷는 거다
여름이 뜨겁게 익은 후에 가을이 오듯
너에게 가는 길도 그렇다

세월을 보내고 맞는 것은
너와의 거리를 좁히는 의식이고
마음을 익히는 시간이다

내게 묻지 마라

'앞으로 뭘 하겠느냐'는
물음이 없으면 늙음에 이르렀다고
장 아메리*는 말했다

아무것도 걸치지 않은 시간에
허름해진 닻을 내리고
다시 손볼 생각은 없다

시간의 식탁에 놓인 찻잔에
지나온 항해일지가 펼쳐지며
숙성된 이야기들이 짙은 향기로
우러난다

시간 밖은 자유롭고
마음은 여유의 길을 걷는다

내게 묻지 마라
지나온 길이 멀어 보인다
앞으로 뭘 하겠느냐에는
대답은 하지 않으련다

*장 아메리: 오스트리아 출신 작가이며 철학자. 철학서 『늙어감에 대하여』 외 다수 서적 출판.

동거인

언제부턴가 그리 지내왔다

처음에는 그랬다
나와 닮은 모습이
마음에 들지 않았다

빛바랜 허름한 모양새를
마주하기 싫어서
처음에는 그랬었다

알은체하는 그는
거울 안에서 마주친다
갈 곳이 없어선지
늘 거기에 있다
나를 보고 가끔은
씩 웃어 주기도 하고
갓길로 비켜 가도 용케 알아본다

'당신도 별수 없어'
혼자 중얼거리기도 한다
나보다 조금 들어 보이는 그가
언제부턴가 조금씩 안 돼 보였다

그래도 아주 싫었던 건 아니었는지
고개를 돌리지 않고
한참씩이나 마주하고 있었으니
정말 싫었으면 그랬겠나 싶다

서먹했던 마음이
초승달 꼬리만큼 떨어져 나가면서
지금은 조금 가깝게 지내볼까 하는
마음이 들기도 한다

풍경

-그때, 정동진

파도가 뒤척이며
지나간 시간을 펼쳐놓는다
멈춰선 '모래시계'*와
어느 여배우의 가물한 이름이
노을에 아련하다

해안선을 따라가는 열차엔
땀 밴 아낙의 고단함이
덜컹거리며 졸고
나른한 삶이 뒤따르는 지난 시간은
아슴푸레한 그리움이 되었다

플랫폼에 겨우 자리를 얻은
덩그런 소나무 한 그루에 붙여진
이름도 세월에 잊혀진 건
흐려진 기억처럼 오래되었다

포구에 비스듬히 기댄 목선은
액자에 갇혀 있는
정동진의 지난 이야기다

잊혀지는 것이 그리움이 되기도 한다

*지난 시절 인기 있었던 드라마다. 정동진은 '모래시계'의 촬영지다. 플랫폼에 있는 작은 소나무는 드라마의 여주인공 이름을 붙여 불려졌다.

너를 보면

-붉은 담쟁이

틈새를 비집고 오르다
붉어진 너를 보면
아득해진다

오늘도 너처럼 힘겹게 오르다
용케 벽을 넘은 이도
애만 쓰는 안타까움도 있다

손에 붉은 피가 맺히며
이마에 주름 골이 깊어지고
긁힌 생채기가 채 아물지 않았어도
오르는 일은 멈출 수 없다

아픔이 붉게 물들더라도
그리해야 하는 건
삶이 거기 있기 때문이리라

굄돌 하나 없는 민 바닥에
가당찮은 벽이라 해도
넘어야 절망을 넘는 길이기에
삶은 그렇게 넘어야 하는
벽이다

벌써

어느 날 문득
소슬해진 가슴으로
남겨진 날을 헤는 눈에는
외로운 별이 뜨고
풀꽃향에 젖은 마음도
꽃잎 지듯 아파진다

어디 그뿐인가
옷깃을 스치는 바람과
스산해진 나목들
길 위의 낙엽도
모두 허전한 걸음인 것을

노을이 재촉하는 종종걸음과
파장에 목이 쉰 장꾼은
뒷골목 어둠을 거두는 외등에
자리를 내어준다

어스름이 내린 이쯤이면
한참 전에 떠났던 이가 말없이
곁에 있기도 하다

벌써라는 말은
낙엽 같은 슬픔인지도
아니, 가슴을 지나는 세월인지도
모른다

위로

어려울 것 같은 낭패감이
어스름 찾아들 때
슬그머니 찾는 길일 거다

어느 콩쿠르서 1등을 했다는 피아니스트
어느 문학상을 받았다는 작가
그랑프리 전시회에 초대받았다는 화가
재주야 타고나는 것이라 여겨
그들의 빛남에 부러움을 뒤에 숨기고
박수를 보내기도 했다

그들의 대단한 수상소감은
복사기서 방금 뽑아낸 듯
하나같이 따끈따끈했다
오직 노력이었다고
아, 정말 그런가, 용기를 내어
욕심을 펼쳐놓다가
뭉툭한 손가락이 눈에 띄었다
이런, 순진함이라니…

그래도 그 뭉퉁스런 손을
몇 번은 되짚어 보았다

세월

보이지 않던 것이
언제부턴가 눈에 들어왔다
눈 밝기 약은 쓰지도 않았는데
좋아지다니 별일이다

이리 효험이 좋은 약도 있었나?

가슴에 꼭꼭 숨겨두고
내색 않는 얼룩진 흔적과
입술 밖까지 나오는걸
단단히 묶어 둔 사연이
옹달진 구석의 낙엽처럼
쌓인 것이 보이더라

언제부턴가 그랬다
용하다는 의원보다 효험이 좋은
그 약 이름은 무언지?

자동이체

세월이 약이라 했지만
효과는 신통찮았다

그냥 지낼 일은 아니라 여겨
그까짓 거 하며
박힌 옹이를 뽑으려 했더니
시간의 통장에 묶여
인출 금지다

그런 와중에 또박또박
빠져나가는 것도 있다
헐거워진 지갑처럼
오늘 하루가 줄어들었고
내일도 세금처럼 자동이체 될 거다

가만있어도 줄어드는 것은
잘도 이뤄지는데
가슴에 박힌 못은
그리 자동 이체되지 않는다

신앙
-스님과 신부

그 시절 추앙하던 분들을
나도 좋아했다
김수환 추기경, 법정 스님 같은 신앙인을

왠지 까탈스러 뵈는 스님과
조금은 어리숙한 추기경님은
그들의 신과는 어울리지 않아 보였지만
그래도 주위는 어려웠다
신의 말씀에 앞선 인품이 향기로웠다

어느 사찰에서 인터넷에 법회를 알리자
순간에 마감되었다고 한다
법회를 알리는 젊은 스님의 수려한 용화 미소가
우바니*들의 불심에 감화를 줬단다
요즘은 부처님 말씀을 경이 아니라
스님 얼굴에서 찾는 모양이다
노스님의 주름진 설법은 어찌할지
참 야릇한 불심이다

일찍 가족을 떠난 젊은 신부가
신도들 앞서 강론을 펼친다
바람에 떠도는 가족의 사랑법 얘기에
함박웃음을 쏟아놓는 건 고만한 여신도들이다
세월을 머리에 하얗게 인 이들은
신부의 말에 눈만 껌벅인다
삶의 구석 저만큼 밀쳐둔 것이라서

그분들이 섬겼던 신은 아직 만나 뵙지 못했지만
머물던 곳은 좋아했는데
그 마음에 혹여 그늘이 질까
관세음보살…
아멘…

*우바니: 불교를 믿는 여신도를 통틀어 이르는 말

허수아비

세월이 이마에 줄을 몇 개
그어놓고 지나갔다

시간 탑이 쌓인 뒤를
일상이 느리게 따르다가
가끔 멈춰서기도 하고

뜨겁기만 한 날들이었는데
바람 지나간 들녘은
서리가 내려 소슬해지고
삶의 걸음도 쉬엄쉬엄 느려진다

노을을 등진 허수아비가
삶의 들녘을 지나고 있다

가을을 찾습니다

가을이 어디 있느냐고
묻고 다녔다

파란 하늘에다
물들어가는 가로수 잎에
꽃잎에 앉은
빨간 소금쟁이한테도

강둑을 서성이는 억새꽃에도
졸고 있는 할매한테도
미소를 살금 흘리는 줌마씨의
치맛자락에까지

모른다고 했다

바람이 지나며 웃었다
당신이 가을인데
어디서 찾느냐고 했다

조금은 아프다

이맘때는 늘
조금은 아파지더라

여물어가는 색채로 제맛을 내는
가을의 캔버스는
고흐의 아를의 들녘이고
바르비종 화가의 아틀리에다
숙성한 가을 향이 가득하다

빨갛게, 노랗게 물든 들녘서
밀레가 거둠 하는
가을의 그림은 온화하다
계절을 따르는 바람과 나뭇잎의
연주는 Grieg*의 협주곡이고
시인이 밭을 일구는 쟁기질 소리다

추억을 남겨놓고 가는 가을
사랑, 추억, 그리움에…
마음은 조금 아파진다

*Grieg: 노르웨이 작곡가. 대표적인 작품으로 서정 모음곡이 있다.

어머니의 강

깊고 푸른 강이다
사막을 흐르는 지하수처럼
보이지 않고 아득히 흐르는
사랑의 강이다

강물은 늘 넘쳐난다
온몸을 흐르는 여유로운
수만 리를 흐르는 아련한 강이다
마음의 길을 잃어 까마득할 때면
밤하늘의 별이 되어 주기도 한다

진달래 향이 붉게 전해져오는
오늘따라 더욱 가슴 저리는 건
강물이 넘쳐나기 때문이리라

오늘 밤도 그리움의 강에서
무수히 빛나는 별을 우러르련다

묵상

조출하게 떠나는 길이라
생활을 담은 배낭은 필요 없다
말동무와 함께하면 번거롭고
걸음은 더뎌진다

사막을 걸어야 하고
바다를 건너기도 한다
혼자 노를 저어서 말이다

폭풍우가 몰아치고
폭설이 내릴 때도 있으니
편한 여정은 아닐 거다

그런 건 접어두고 살라 하지만
가끔 삶이 헷갈릴 때는
길을 찾으러 여정에 오르기도 한다

2부

어디로 가는 길인가

난독증

어제의 시인은
오늘의 시를 모르겠다 한다
어두워진 눈 탓인지
시의 강에 사는 언어들이 보이지 않는다
바위 밑에 숨었나 싶어
돌벼락을 쳐봐도 보이지 않는다

어제의 시인은
오늘의 시를 읽기 어렵다고 한다
함부로 어긋난 시행을 따라가지 못해
앞뒤 구분이 되지 않는다
달라질 게 없다지만 헷갈리는 게
'별똥별' 같다

어제의 시인은
투명 돋보기를 썼다
바위 밑에는 언어들이 죽어 있었다
돌벼락을 맞아 죽었는지
이미 죽어 있었는지는 알 수 없다

어긋난 시행 주위에는 탈선한
언어들이 널브러져 있다
얼룩진 붉은 속옷같이

어제의 시인은
살아있는 언어를 찾지 못하고
어지러운 투시경을 벗었다

장마

마음이 저만큼 멀어진 건
입을 닫고 지내면서다
그리 지내다 보니
세상도 닫힌 입이 되어갔다

밥 한번 먹자던 영수도 뜸해지고
술 한잔 생각난다던 덕만이도
입을 열지 못하는 것 같다
파도 소리에 커피 향을 뽑아내던 영자는
시름시름 기억을 잃어가는 듯하고

그리 지낸 지는 한참 된성싶다

꽃도 함께 피워야 소담하듯
사람도 어우러져야 살맛 나고
정도 깊어지거늘
뚝딱 탁배기잔 비우던 시절처럼
어지러운 세상사 비우며
조곤조곤 나누던 게 아득해지는 건
입 닫고 지낸 시간 탓이려나

우리가 건너온 코로나 징검다리는
습기 찬 긴 장마였다

머슴의 변천사

조선말이었으니 멀리 갈 일도 없다
선교사가 땀을 흘리며 테니스를 치는 걸 보고
조선의 대신은 혀를 찼다
힘든 일은 머슴한테 시킬 것이지…

혀 차는 엄한 소리는
지금도 어디선가 들려온다
상전의 삐뚤어진 삶을 대장간서 굽은 쇠 펴듯
자서전으로 펴느라 머리에 쥐가 난다는

그래도 세월은 바뀐다더니
붉은 머리띠 동여매고 큰길서
새경 타령 팔자걸음에도
탈이 없는 거로 봐 변하긴 한 모양이다
좋은 세상 맞은 머슴들이
이참에 나도 고개를 꼿꼿이 들고
상전 흉내를 내보지만
허기는 여전하다

세상은 멈춰있지 않았다
어느 날 소문으로만 들리던 새 머슴이
귀신처럼 나타났다
새경 타령 없이 일 잘하는 챗GPT
몇 년을 매달리던 일을 순식간에 뚝딱
정말 귀신이었다
좋았던 시절도 끝 무렵인 것 같아
상전 놀이도 흥이 나지 않았고
새 머슴에 관한 궁리로
붉은 머리띠를 쥔 손에 땀이 축축했다

아테네의 저녁

아고라의 말[言語]들은 뜨거웠다
베마*에 차려진 화려한 성찬에는
위장한 독이 있었다
어제와 오늘이 반복되는 성찬은
자유의 벽에 금을 내고
끝내는 무너뜨렸다
벽을 받치던 아테네의 받침돌은
사약을 마셔야 했다

베마는 발길에 차여 뒤집혀 졌지만
또 다른 성찬이 있었다
색이 다른 그들은
서로에 손가락을 겨눴다

밖이 아니라 안에서 돌아섰다
미움이 앞장서 깃발을 흔들었다

무너진 틈새로 들어온 칼은
성찬에 귀를 열지 않았다
소멸을 막지 못했다

받침돌에 내린 사약은
아테네가 마신 독배였다
아고라의 성찬은 노을처럼
저물지 않았다

*베마: 돌로 된 연설대

광장

드나듦이 자유로운
광장에서는 모두 지퍼를 내려
심장을 보여준다
자신과 다른 숨쉬기를
이상하다 하지 않는다
나름의 호흡법이기에
네 맥박이 내 것이 아니고
내 숨쉬기를 네게 따르라 하지 않는다
모두 자신만의 숨쉬기를 한다

자신의 생각에 날개를 달고
삶의 꽃을 피운다
모양도, 색깔도, 크기도, 향기도…
피는 시기도 다르다
그들은 광장을 자유라 불렀고
모두가 주인이었다

가을이 가기 전 급히 겨울이 오듯이
광장에 변화가 왔다
낯선 이가 광장을 차지하고
주인이라 했다
한 가지 호흡법만 강요해
숨쉬기가 힘들어졌다
모두가 주인이던 광장은 사라졌다

문이 없는 광장은 허약했다

꼰대 詩

꼬임이 단단하지 못해 헐겁다
언어들이 중간 정착지도 없이 직행이다
분위기는 황토색이 풍성하다
전원 풍경이라 좋게 말하려 해도
조금은 느낌이 그래
얼른 입이 떨어지지 않는다
늘 듣던 기시감이 드는 것 같은
좀 썰렁하기도 해
지금과는 한참 멀어져 보인다

그러면 곤란하다고 한다
숨겨진 언어는 보물찾기라도 하듯
찾은 것 같아했다가도
금방 웃음을 거둬야 한다
오래 헤매도 찾을지 말지
금방 찾으면 현대 詩 축에 못 든다

시를 쓰며 살아 은 뒷전 시인이
언어 꼬는 재주야 젊은이 몇 수 위지만
푹 삭힌 시심은 꼬는 것을 적당히 한다
적당히는 세월이 흘러야 할 수 있다

요즘 시 읽는 게 경전 해독과 같아
엄숙한 인내가 필요하다지만
그래도 한눈에 쏙 들어오는 시를
좋아하는 이들이 있기도 하다
아직 꼰대들 마음은
시냇물이 흐르는 전원이다

꼰대 思

최고의 꼰대는 물을 필요 없다
히말라야 마터호른보다 높아
세계인이 인정하는 게 있다
'내로남불'
영국 브리티시 사전에도 등재돼
세계 공인 K-의식이다

'라때'*시절은 이렇지는 않았는데
이 지경이 된 건
먹이를 찾아 몰려든 승냥이 때문이다
그들의 이빨은 강해서 한번 물면 놓지 않는다
그들이 아작을 내며 삼키는 건
냄새나는 돈뿐이 아니고
미래의 삶을 작살내고 있다

그리된 건 비겁함 때문이다
썩은 고기 몇 덩이 얻으려
아부하고 추종하는 무리가
고인 물에 벌레 끼듯
세상을 참혹하게 하고 있어
미래는 보이지 않는다
그들이 삼켜버리기 때문이다

*'우리 때'는 하며 지난 일을 말하는 나이 든 세대를 칭하는 말.

역사의 그림자

문자의 우물에 잠겨있는
그림자가 있다
탈색된 문양에는 음침하고
습한 냄새가 난다
뼈도 삭아버린 이야기는
죽음의 상소문을 움켜쥐고
바람에 떠도는 매운 흔적을
차곡히 쌓아 놓고 있다

보풀이 일어 너덜한
낡은 문양이 때로는
판도라의 상자가 되어
엄혹한 이야기를 꺼내놓아
햇볕을 쬐게도 한다
숨겨지는 것에는 악취가 난다

알 수 없는 알라딘의 문자들
투탕카멘의 황금 마스크를
함부로 벗기려는 자에게
징벌을 내리기도 하지만
마르지 않은 문양과 새로운 조각들은
숙성을 기다려야 한다
오래 견디며 독한 냄새를 풍겨야
햇빛을 볼 수 있다

오늘의 시시포스

땀 흘리는 날은 계속된다
올려놓은 바위는 굴러내리고
다시 올리는 일이 반복된다
젖 먹던 힘까지 짜내야 한다
뒤로 밀리기라도 하면
추방되는 아픔을 겪게 된다

그 일에 매달리려는 이들은
차고 넘쳐 긴 줄이 이어진다
의미 없다는 생각은 언감생심
땀에 젖은 손이 저려와도
줄에서 제외되면
형벌보다 더한 삶이 된다
당찮은 꼬투리로 추방이라도 된다면
추락하는 시간을 어찌할지
궁리가 한창이지만 답은 없다

오늘의 시시포스는 줄을 지키려
힘겨운 질주를 하고 있다

믿음

아침 햇살에 한껏
홍얼거렸다
너를 믿는다고

청량한 말과 빛나는
그 몸짓에
믿음이 고개를 끄덕였다

그러다 어느 날부터 노래가 멈췄고
입은 말을 잃었다
빛나던 몸짓 뒤에 숨겨진
그림자가 있는 것을
왜 진즉 몰랐는지
믿음은 그림자에 뒤돌아섰다

그럴 수가…?

끄덕이던 고개를 바로 세우지 못하고
비뚤어진 채로 견뎌야 할지
말을 잃은 입이 흥얼거림을
다시 찾을지는 알 수 없다

마음 그릇

모양도 크기도 따로인데
그래도 자신에 맞추는 건
요량이 여간이 아니다

정체성이라는 것도 그렇다

무언가를 지킨다는 건
흔들리지 않는
자신에 대한 믿음이기에
신뢰의 격이 달라진다

사람을 빗대 말하는 것도
그런 연유이다
K는 그릇이 크다(작다)
P는 포용력이 있다(없다)
인성을 이르는 말이라
고개가 끄덕여진다

오늘따라 상에 놓인 그릇이
눈에 유난하다
밥그릇에 종지 그릇까지
'나는' 어느 것일까 물음이
잇몸 사이로 새어 나온다

우산

간직하는 법을 모르고
비우기만 하는 우산
비는 불만이 많다
바닥에 떨어지는 아픔에
항의도 했지만
챙기는 걸 모르는데 어쩌랴

그리 비우는 건
자신을 지키는 방법이기도 하다
바보스럽지만 현명한지도
고맙다고도 한다
자신이 날개를 펼 수 있고
웅크린 채 보내지 않는 건
주인의 덕이라고
어쩌면 삶의 지혜를 터득한 지도

우산을 받쳐 든 뽀송한 마음이
조금씩 민망해진다

시간의 그림자

폭풍 노도의 시간은
누구에게나 있었다는
말은 하지 마라
아픔은 비교되지 않는다

폭풍의 계절에
벼랑 끝에 서 보기도
노도의 길목서 무당이 되어
작두 위서 칼춤을 추려 한
신들린 적도 있었지만
끝내 마무리 못 한
무거운 인생의 빚인데
이해한다고 하지 마라
그 시간의 근처라도
누가 갈 수 있겠는가?

시간이 지워지며
굽이치던 물결도 잦아들고
신들림도 뜸해지는 요즘
오늘은 햇볕이 따습다

소시민

밤나무 아래에 장이 섰다

빛나는 알몸으로
풀숲에 누워 있기도
가시로 꽁꽁
접근금지를 선언한 야무진 녀석도
헤벌쭉 입을 벌려
실없이 웃는 놈 하며
제각기 나름의 몸짓으로
짧아지는 햇살에 눈을 맞춘다

공으로 얻는 재미로
알밤 줍는 만한 것도 드물 거다
토실한 알밤 하나 앞에 띄면
이거 웬일, 횡재다 싶다

살아가는 길에 알밤 같은 그런 일이
어느 날 문득 생긴다면
괜찮지 않을까?

욕심이라 하지 마라
삶이란 그런 희망으로
내일을 맞는다

기다림

어둠을 헤치며 솟아오르는 태양
어스름이 깃드는 초저녁에 뜨는 별
꽃봉오리가 열리길 기다리는 시간이다

가슴이 따뜻해지며 꿈꾸는 그런 시간은
푸른 날갯짓으로 늘 앞서 날아오른다

마주하는 시간보다 화려하다

여신을 꿈꾸다 천사가 되기도
꿈의 세계는 모든 게 이루어지는
요술의 시간, 조바심의 그림자는 없다
당신이 현신하기까지는
꿈꾸는 시간이다

3부

마음의 색체

시간 위의 만남

바람이라 해도 좋고
구름이라 해도 괜찮다

그리움과 사색이
시간 안에서
꽃이 피듯이 피어난다

지나는 바람과
지나는 소리와
지나는 스침과
지나는 눈길이
스쳐 간 모든 것이
만남이었다

지나간 시간은
만남의 바위에 파인
추억이라는 삶이다

가을의 서막

쉬어가는 주막의 절기
뜨거웠던 사연을
뒤돌아보는 시간이다
아직 떠나지 않은 미련이
등허리에 남아있기는 하다

시간을 지나며 탈진한 잎들이
바람 앞에 어쩌겠는가
가을은 벌써 저만큼 다가와
손짓하고 있는데

하늘은 높아지고 귀뚜리는
달빛에 울음을 수놓는 밤
별은 더 밝게 빛나며
계절을 넘는 길을 밝히고 있다

주막을 떠날 시간이 되었음이다

어떤 시 한 편

-홍승자 시인이 보내온 시를 받고

사라지는 것은
좋고 나쁨을 가리지 않기에
아쉬움이 남는다

'경거瓊琚*'
하도 뒤엉킨 세상이라
그런 고마움이야 꿈이겠지만
한때 있었다는 기록은 있다

책을 보내고 나서
비슷한 고마움을 받았다

「우편으로 소설집이 도착했다
-마지막 미션-
바로 책장을 열지 못하고
한참 제목만 들여다본다
선뜻 열기 쉽지 않다

생각의 굴레를 맴돌게 하는 화두 앞에
언제쯤 속을 열어 볼 수 있을지
내 사유는 현재 미로를 걷고 있다」

이런 융숭한 마음을 받다니
이렇게 고마울 수가…
요즘은 책을 증정해도
아무 소식도 없는 세상인데…

이런 마음을 전하는 것도
세상이 변해서인가?

*경거(瓊琚): 아름다운 옥이라는 뜻으로 훌륭한 선물을 비유적으로 이르는 말이다.

친구

오랜만의 만남이라도
소주 한 잔이면
족하다
말은 그리 필요 없다

그동안 안부는
눈이 다 전해준다

여보게
세월이나 나누세

얼굴 위로 추억이
바람처럼 지난다

명절

만남과 떠남이 바람 지나듯
어수선한 뒤를 남겨놓는다

마음을 얼마큼 주고받았는지는
셈이 되지 않지만 아직은 주고받는
그런 시간이 있어 명절이다

지구별서 가장 따뜻한 정이란 것도
주는 거라는 걸 익혀가는 중이지만
아직은 그 어수선함을 맞이하련다

그러다 어느 날 바닥이 보일 때쯤엔
야무지게 가슴 동여매며 그만 됐다
손사래 치련다

봄눈春雪

세상 이치는 어지간히
익혔을 세월일 텐데
그럼에도 불쑥 찾는 발길은
무슨 영문인지…

돌아서는 발길이 민망해 보인다

지는 꽃을 보듯
심란해지는 마음이 그렇고
멀어지는 뒷모습에
입안을 맴도는 아스라한
말도 뒤를 따른다

빛바랜 세월 저쪽에서
새삼 붉어지는 건 별일이지만
이 또한 바람이 불면 떨어지는
꽃잎이라 잠시라 했다

한때 쌓았던 탑들은
윤회를 몇 순배 돌았을 법한데
마음 언저리를 서성이는
어리숙한 천성은 여전이다

춘설 내린 뒤 매화 향 더 짙어졌다

괜찮은 시간

이런저런 말들이 있지만
이쯤에선 세세히
팔을 걷을 일도 많지 않다

저만큼 거리를 두면
세상 소리도 작게 들리고
눈에 띄는 것도 분명치 않아
마음이 조용해진다

조바심이 떠나간 자리에는
시간의 강에 흐르는 아릿함을
건져 올리며 즐기는 여유가
자리를 잡았다
세월이 남겨준 선물이다

산중 벽면 수행승처럼
작게 호흡하는 지금이
괜찮은 시간인 것 같다

헌책방

좁은 통로 옆으로
책방 간판이 눈에 띈다
'헌'자가 한참 낡아 보인다
계단을 내려가자 쌓인 책더미가
키를 넘고 묵혔던 곰팡내가
한꺼번에 달려든다

세월의 뒷자리로 밀려난 책더미서
한 시절 세상을 풍미했던 지혜는
찾아볼 수 없고 퇴색한 모습 앞에
방금 원고를 끝낸 손이 저려온다

세월에 저리되는 지식 앞서
그래도, 그래도 하면서…
위로를 앞세워 본다

책의 묵힌 곰팡내는
당대를 지탱했던 호흡이고
번민하던 지식인의 고뇌라고
아니, 지금도 그렇다고 우겼지만
재채기만 연달았다

봄꽃

세월의 흔적이 쌓여
굳은살이 거칠어졌지만
따뜻했던 그 손길이
무척이나 그리워집니다

모자라도 한참인 못남을
말없이 품어주시던 가슴
그 덕에 지금 이리
부족함을 채우며
그리워하고 있습니다

이제 제 눈도 조금씩
흐려지고 있지만
그 온화함이 아직도 눈에
선명히 어리어
그리워지고 있습니다

꾸욱 눌렀던 마음이
어느 날 화들짝 온 산하가
꽃밭이 되듯이
그리움은 봄꽃인가 봅니다
이렇게 가슴에 그리움의
봄꽃이 피고 있습니다

생각 담기

화가가 캔버스에 생각을 담듯
너에게 마음을 담으려니
궁리가 엉켜 바람에 흔들리는
가시덤불이다

사색은 여기서 저기로
널뛰기가 높아지고
'이제 그만하시지요'
민망함이 눈총을 줘도
그래도 어쩌겠나!
숙명이라 여기는 것을

기다려 보라는 수밖에
어느 날 비 갠 뒤 무지개처럼
멋진 형상이 나올지도
세상이 놀라는 일이 생길지도

무던한 미련으로 오늘도
A4 여러 장이 버려졌다

소식

가까워졌다는
소식은 언제쯤이 될까
잔뜩 움츠린 마음이
셀리의 말*이 연서처럼
기다려진다

찬 기운이 가시지 않은 들에
파란 새싹이 얼굴을 보이면
목련의 뽀얀 눈이 채비를 할 거고
설은 땅을 헤집는 기운이 보일 거다

시간은 계절을 풀어놓는데
나는 아직 한겨울
내게도 저 푸른 봄기운이
돋아난다는 가당찮은
소식을 기다려 본다

*셸리의 시 「서풍에 부치는 노래」에 나오는 구절. '겨울이 오면 봄도 머지 않았다'

어떤 상념

꽃이 지는 것도 떠남인 것을
순리라 붙잡을 수는 없는 일

그냥 바라만 보는 것은
어쩔 수 없어서일 거다

삶이 호박 덩굴처럼 시들면
어려워지는 것으로는
빈자리 마주하는 일이다
또 다른 만남이 약속된
떠남도 아니면서
그런 손짓을 보이고 있다면
어떤 가당찮은 말로, 눈물로
위로를 보내야 할지…

슬픔은 위로받지 않는다

그리움

별이 빛나는 건
당신을 잊지 않았다는 것을
그렇게 전하는 거다
그리움은 떠나지 않은 별이다
가슴에서 빛나기에
보이지 않을 뿐

별이 떠날 수 없는 것은
당신의 손을 잡아주려는 거다
그리움의 강을 건너려는
외로운 손을 그냥 둘 수 없어서
은하수가 유난히 빛나는 밤이면
그리움은 자주 별 다리를 건너려 한다

그리움은 남겨진 사랑이다

사랑의 모습

무궁한 끝도 없는 세계
우주 저 너머 있는 뜨거운 생명
그러나 허망해질 수도
품다 목숨을 잃을 수도 있는
위험한 생명체다
생김을 설명할 수도 그릴 수도 없으니
마음을 열고 들여다봐도
알 수 있을까?
확실치 않다
전부를 안다는 건 어렵다
뒷짐 진 손에 무엇이 들렸는지 알 수 없으니
속을 열어봐도 소용없는 일

그래도 눈빛을 나누는 시간에는
속내를 드러내기도 한다
그를 볼 수 있는 시간은
새벽 0시
진실의 거울이 열리는 시간이다

시간

요즘 들어 지나온 시간이
보이지 않는다
지금껏 살아온 삶이
사라진 모양이다

쐐기를 단단히 박아놓았더라면
후회스러운 미련이
지나간 시간을 뒤쫓는다

굳이 쐐기가 아니라
돌이라도 눌러놓았더라면
아쉬움에 눈을 감고
그렇게 허술했었는지
하나하나 넘겨봐도
탓할 곳은 보이지 않는다

태양이 밤에 잠시 쉬듯
시간은 지나온 삶을
쉬게 하는 모양이다

초대장

편지를 받은 지는 한참 되었다.

바쁘다는 핑계로 밀쳐두었지만, 핑계는 고의적이기도 하다. 뜸해진 이제야 겉봉을 여니 사연에 머물던 초록 잉크가 헐거워 보였다. 그래도 어렴풋한 자취는 그리움의 얼룩이 번져 있다. 향기는 아직도 조금 느껴지고, 초대장 위로 초록 바람이 지나간다. 쌓였던 감성이 푸르게 날아오른다. 싱그러운 바람이 불고, 초록의 들판으로 다리가 아프도록 걷는다. 꽃의 향기를 맡으며. 세상은 봄이고 여름이었다. 세상은 파란색이었다.

편지를 열기 전에는 그랬다. 계절이 지나듯 시간이 가며 색이 바뀌는 것을 알아챘다.

파랬던 세상이 조금씩 붉어져 갔다.

힘찼던 걸음이 산책으로, 요동치던 가슴도 라데츠키 행진곡에서 그리그의 서정곡으로 조용해져 갔다. 거친 파도 뒤에는 잔물결이 따르듯이 시간의 거친 파도 뒤에 평온이 온다. 모든 것엔 순서가 있다.

편지에 남은 시간의 얼룩은 그리움이라는 껍질이다

애벌레에서 나비가 되고 남겨둔 껍질이었다

4부

다시 읽고 싶은 시

가을 단상斷想

가을비가 별리別離로
지나더니
은행나무 주위가
노랗게 물이 들었다

지고도 저리 고울 수 있는 것은
차라리 행복이어라

밤하늘의 별을 보지 않아도
풀벌레 소리 듣지 않아도
가을을 보내는 그리움은
마음에 흐르는 시냇물이다

접어둔 상념想念의
날개를 펴는 데는
갈대숲을 지나온
바람 소리로 족하리라

그리움이 어디
헤어짐으로 끝나는가
바람이 스칠 때면 들춰지는 것을

엽서를 보내면서

무슨 말을 할까
망설임의 긴 줄
당신은
보이지 않는 행간의
아픔까지 읽었구려
애써 쓰지 않아도
읽어 주는
당신이기에
오늘도 이렇게
엽서를 보냅니다
떨어지는 낙엽을 보면서

우리가 그린 그림

세상이라는 액자는
늘 유리에 금이 가 있다

오늘의 우리는
파리똥처럼
삶의 찌꺼기들이
세상의 유리창에 엉겨 붙어도
어쩔 수 없이 돌려야만 하는
연자방아다

탐욕의 자양분에
열매를 익혀 어느 날
세상의 액자에 금을 내겠지

지구촌 어느 곳에는
빵 몇 조각을 생색내며
화약 냄새에는
물 쓰듯 쓰는 돈, 돈, 돈

오늘도 헐렁한 못에는
세상이 삐딱하게 걸려 있다

회상의 나룻배

바람이 불어온다
물안개 펼쳐진 강 위로
회상의 나룻배가
소리 없이 다가와
상념을 데려간다
앞도 보이지 않는
안갯속을 지나간다

바람에 날린 물방울들이
감성의 건반을 연주한다
아주 느린 안단테로
전에도 그랬다
지난 일들은
느림으로 다녀가기도 한다

선운사 동백꽃

스님도 숨겨둔 것을
누군* 몇 번씩 보러 왔다
육자배기 가락에
발목이 잡혀
다음 해로 미뤘다는
선운사 동백꽃

나도 못 이기는 척
잡힐 요량으로
늦은 봄 길 나섰더니
육자배기 가락은 재 넘었으니
꽃구경이나 하란다

대웅전 뒤뜰엔
기다리다 지친 동백이
지천으로 쉬고 있더라
그래도 더러는 무안한지
햇살이 졸고 있는 잎 사이로
때늦은 방문객을 맞아 주고

절집에 그리 있었으니

인심이 그 정도는 돼야지

*미당 서정주 시인은 선운사 동백꽃을 보러왔다가, 절 입구 대폿집서 술을 마시다 꽃구경을 몇 번씩이나 놓쳤다는 이야기가 있다.

가을의 묵상

하늘을 담으니
붉게 물이 든다

낙엽이 우수수
소리로 익어가는 가을

청잣빛 연못엔
마음 그림자

흐르는 물에
법문이 떠 있다

나는 내게 거짓을

살다 보면 잊겠지
위로하며 지냈다

세월이 지나면
딱지가 앉듯
아물 거라 다독였고

지는 낙엽에
아렸던 마음처럼
어느 날 저절로
괜찮아질 거라고도 했다

그런 건 아무것도 아니라고
그저 지나는 바람일 거라고

그러나 나는 알고 있었다
내게 거짓을 말한다는 것을

광한정 백옥루에 올라

그믐달인가
어두워 빛이 선명해지는
이럴 땐 생각나는 사람이 있다
오늘은 백옥루에 올라
늘 뵙기를 청했던 그를 만나
시 한 수 올리고 서너 수 받아
가슴에 새기려 한다

신神들이 솜씨를 뽐낸다는
광한정 백옥루
가늠키 어려운 문장들이
일만 가닥 붉은 노을에 찬란한 그곳에
지금쯤 시詩의 주연이 펼쳐지고 있을지도

이룰 수 없는 꿈을
시심으로 수를 놓은 백옥루白玉樓
그의 시가 달빛을 받아 별이 되어 빛난다
당대의 시인묵객詩人墨客들의
호방한 모습도 띄엄띄엄
이름으로만 교분을 나누던
이백이요, 두보며, 소동파라
광한전 용마루가 환히 밝아진다

별이 무리로 내리는 날이면
가끔 초당 소나무 숲을 찾아
머물다 간다는 초승달을 닮은 그를
오늘도 한참이나 기다려 보며
어젯밤 건네받은 시 몇 수는
아직 펴지 못하고 있다

초당 청솔 숲에 가득한 이상향의 꽃 무리

-교산 허균 문화제 헌시(2010)

가쁜 숨이 한숨 지난 들녘은
남은 햇살만큼이나 여유가 흐른다
오늘따라 초당 숲의 기운이 유난한 건
아마도 임을 맞는 날이라 그러하리라

그리움이 청솔가지 사이로
회상의 날개를 펴는 여기는
선각자의 길을 당당히 걸으신 당신께
오늘 함께하는 민초들이 흠모의 정을
시의 음률로 띄우려 합니다
지금쯤 저 청솔 숲 어딘가에 현신하여
가벼운 미소를 담고 그토록 심취했던
문학의 정취를 음미하고 있으리라 봅니다

참으로 어려웠던
도저히 넘을 수 없는 벽이
태양을 가려 암울한 시절
당신은 밝은 눈으로 세상을 봤습니다

문자의 방책을 풀어
한글문화의 꽃을 피웠고
서러운 민초들과 어우르며
모두가 귀한 사람이라 일러준 이는
바로 허균 당신입니다

참 세월이 많이 지났습니다
율도국의 하늘은 지금도
여전히 높고 푸르겠지요
함께하는 이들도 많아지고
의로운 그 정신은 이상향의 꽃으로
그곳에서 피었으리라 봅니다

청솔 숲에 흐르는 시의 향기가
해풍에 젖어 별스럽습니다
오늘 하루 율도국의 일은 잊으시고
문향에 흠뻑 젖으시지요

남색 비 내리는 날

비가 이렇게 여유로
마음을 적실 때는
혼자가 좋다
아니 혼자이면 좋을 것 같다
오직 나만의 존재
그래야 틈새가 보이는 마음도 어쩌지 못하고
사색의 배에 오르겠지
그리움의 노를 저으며
아직도 지워지지 않은
파문을 따라 그때의
그보다 더 그때의 시간을
불러내어 어떻게 지냈냐며
조근조근 나누다 가슴이 젖어
나른한 선잠이 들고
깨었다 또 들고

비는 계속 대지를 적시고 있다

폐선로

잡초에 쌓인 선로 위로
외로움이 멈춰 있다

바람도 기다리지 않고 지나는
허름한 간이역 대합실서
철 지난 기억이
내게 기대어 웅크리고 있다

선로 끝에서 쓸쓸함이
손을 맞잡고
방황을 끝내고 돌아온
늙은 허무기
실루엣으로 어른거린다

두고 떠난 그리움이
성글게 핀 코스모스와 같이
녹슨 철로 위서 바퀴를 돌리고 있다

마음 혼자 그 길을 걷는다

너만 먼저 가라

계절은 몸을 바꿔가며
자신의 언어로 말한다

푸른 봄이 가을꽃이 되기까진
조심스러운 걸음이었다

할 말이 많았을 시간을 지나며
마음은 뜨겁게 여물었다

붉게 전송하는 것도
아쉬움의 전함이리라

떠남을 고민할 일은 아니지만
아직은 사유의 시간이 필요하다
바쁜 너만 먼저 가라

구절초와 쑥부쟁이

누구냐고 그렇게
따져 물을 일도 아니다
햇살도 함께
모두어 나누었는데
손톱 끝만 한 것으로
그는 저렇고
저는 이렇다는 소견들은
꽃이 부끄러워지려 한다
그들의 자유를 구획하지 마라
최선을 다한 삶에 대해
경의를 표하는 게 예의리라

그들은 굳이 이름표를 달고
누구를 맞으려 하지 않는다
구절초면 어떻고
쑥부쟁이면 어떠냐
푸른 삶을 누리는 그들에게
눈길 한 번 더 주면 되리라

적멸
-고요

바람이 머물렀는가
처마 끝 풍경이 혼자서
은은하다

창으로 드는 달빛
선승은 발을 내려 마음을 가린다

석탑 위로 내리는 달빛
도량엔 고요가 법문을 설하는데

촛불이 흔들림은
마음 바람이 일었음이라

돌아보지 마라
죽은 번뇌가 영생을 얻는다

시인의 말

세상을 살아간다는 게 고맙다.
햇살이, 바람이, 지저귀는 새들이,
초록의 나뭇잎이, 순백의 목련이,
고개 숙인 할미꽃이, 모든 생명이 그렇다.
그리고 사람이 더 고맙다.

따듯한 눈으로 시를 품어주는 독자들은
오래된 나무의 나이테처럼 시의 나이테 안에 머물며
세월을 둥글게 그리고 있다.
시의 나이테가 멈추지 않고 원을 그릴 수 있는 건
그들 덕분이라 고개를 숙인다.

시집 표지화를 그린 화가 이지인 님께 고마움을 전한다.
구상하고 형상화하는 작업에 고심이 컸으리라 본다.
화가의 감성과 저만큼일(세월) 시詩의 서정을 찾아내려
고뇌했으리라. 다시 감사를 보낸다.

나의 나이테 안에 머물러준 모든 분께 감사드린다.

2024. 초록이 짙어지는 5월
박성규 합장

벌써를 찾아서

박성규 지음

발행처 도서출판 청어
발행인 이영철
영업 이동호
홍보 천성래
기획 육재섭
편집 이설빈
디자인 이수빈 | 김영은
제작이사 공병한
인쇄 두리터

등록 1999년 5월 3일
(제321-3210000251001999000063호)

1판 1쇄 발행 2024년 6월 10일

주소 서울특별시 서초구 남부순환로 364길 8-15 동일빌딩 2층
대표전화 02-586-0477
팩시밀리 0303-0942-0478
홈페이지 www.chungeobook.com
E-mail ppi20@hanmail.net

ISBN 979-11-6855-255-5(03810)

이 책은 강원특별자치도, 강원문화재단 후원으로 발간되었습니다.